FABLES NOUVELLES

ET

POÉSIES DIVERSES

PAR

I. L. BOUCHER-RENOU

INSTITUTEUR COMMUNAL A LAVARDIN

ANCIEN ÉLÈVE DE L'ÉCOLE NORMALE DE BLOIS

BLOIS

TYPOGRAPHIE HENNEUCE ET JANNIN
Rue Pierre-de-Blois, 14

1855

FABLES NOUVELLES

ET

POÉSIES DIVERSES

PAR

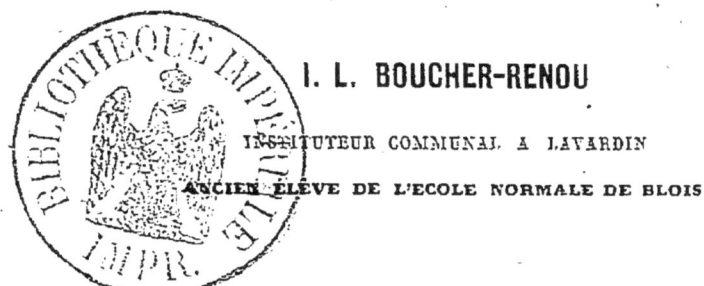

I. L. BOUCHER-RENOU

INSTITUTEUR COMMUNAL A LAVARDIN

ANCIEN ÉLÈVE DE L'ECOLE NORMALE DE BLOIS.

BLOIS

TYPOGRAPHIE HENNEUCE ET JANNIN

Rue Pierre-de-Blois, 14

1855

DÉDICACE.

Aux Instituteurs du département de Loir-et-Cher;

Aux Éducateurs de la jeunesse;

Hommage des loisirs d'un de leurs confrères.

A MES VERS.

Si mes sornettes fades,
En ces vers innocents,
Blessent les camarades,
De bon cœur je consens
Que Pégase m'emmène,
Tout auprès de la Seine,
Habiter Charenton ;
Et qu'un beau jour de fête,
On y ceigne ma tête
D'un énorme chardon.

PRÉFACE.

Le Maître de l'apologue, à propos d'un lièvre, a dit : « Car que faire en un gîte, à moins que l'on ne songe? » Peut-être parmi le petit nombre de mes lecteurs, s'en trouvera-t-il un qui, après avoir parcouru ce Recueil, s'écriera avec tout le monde : c'est faible, mais ajoutera tout bas : pour l'instituteur campagnard, que faire des heures de ses rares loisirs, s'il ne chante ou ne rime? Seul au milieu des prairies ou des bois, seul encore au milieu de ces braves auxquels il ne peut demander que du respect en retour de l'affection qu'il prodigue à leurs enfants; seul, dis-je, et fatigué de sa solitude, il saisira ses pipaux. A force de répéter les chants des maîtres de l'art, il se prendra à fredonner quelques notes de son cru.

Ceci ne veut pas dire que nos campagnes encore un peu franques ou gauloises comptent autant de bardes que d'instituteurs.

J'ose seulement affirmer que sur dix, nous sommes neuf qui faisons de la poésie ou de la la musique. Beaucoup en rendent aux deux sœurs; mais pour la plupart d'entre nous, ce culte est sans témoins, et ses hymnes n'ont point d'échos dans le monde.

Si cette phalange de quarante mille intelligences produisait au grand jour tout ce qu'elle pense et chante chaque année, pendant les cent jours de liberté qui lui sont accordés, le ciel en serait obscurci.

Qui oserait dire que cette masse sans cesse agitée ne récèle aucune étincelle du feu sacré?

Maintenant de quel droit priver la république des lettres de la part qui lui revient dans nos modestes délassements?

Pour nous acquitter envers elle, il faut savoir nous affranchir des exigences de l'amour-propre et des frayeurs de la modestie.

Le plus difficile, je l'ai éprouvé, c'est de se juger soi-même, avant de se présenter devant ce juge redoutable qu'on appelle le PUBLIC.

Mais pour nous aider dans cette tâche délicate, nous avons autour de nous des collègues dont nous pouvons faire des amis sincères, des conseilers éclairés.

Dans un certain rayon, nous pouvons rencontrer quelques hommes de goût et de bon vouloir.

C'est sous le patronage de ces amis, de ces

collègues, que j'accomplis aujourd'hui un acte que je considérais comme une témérité et qu'ils ont voulu qualifier de dévouement au corps auquel j'ai l'honneur d'appartenir.

Quoiqu'il en soit du sentiment qui m'a fait agir, je suppose que le public, en dépit de la faiblesse de cet essai, l'accueille avec indulgence, mes collègues me sauront quelque gré d'une initiative qui encouragera de plus capables que moi à se présenter dans la carrière. Il en résultera de l'honneur pour nous et un profit intellectuel pour la société.

J'ose donc compter sur l'appui de mes confrères pour m'aider à conquérir l'indulgence de mes concitoyens.

TABLE DES MATIÈRES.

FABLES NOUVELLES

ET

POÉSIES DIVERSES

I.

La jeune Souris.

Une jeune souris de quelques mois à peine,
Voulut quitter son trou pour courir dans la plaine ;
    Mais sa mère qui connaissait
    Les embûches que l'on tendait
Depuis un fort longtemps aux gens de sa famille,
Lui dit à son départ : Ecoute bien, ma fille,
Pour te guider en route il me paraît prudent
    De te donner, en nous quittant,
Quelques sages conseils qui te seront utiles ;
Car en pièges secrets les humains sont fertiles,
Et comme on nous connaît friands de certains mets,
On en surcharge alors pièges et trébuchets :
Tantôt ce sont des noix, et tantôt du fromage,
Qu'on dépose avec art dans une étroite cage.
    Tu pourras, sous tes pas,
    Trouver de tels appâts ;
    Ne t'en approche pas,

Mon enfant, je t'en prie,
Il y va de ta vie.
En ce monde, ma fille, il faut être prudent
Pour éloigner de soi tout funeste accident.
Ayant parlé de la sorte,
La dame ferma sa porte.
Mais, hélas! à quoi sert de prêcher un enfant ?
De parler à des sourds on gagnerait autant.
Ce que j'avance est véritable,
Vous le verrez par cette fable.
La jeune voyageuse à peine était dehors,
Qu'elle trouve en chemin quantité de ressorts :
Un piège ici tendu ; là, c'est une ratière,
Une planche plus loin, machine meurtrière,
Qui conduit au trépas
Les souris et les rats.
Une tranche de lard pendait à la machine,
Et l'imprudente pèlerine,
Comme un volage souriceau,
Sentit en passant le morceau.
Elle avance, recule, enfin elle en approche ;
Elle y touche, ô malheur ! l'appareil se décroche :
La bascule perfide, en recouvrant le lard,
Ecrase la souris, qui vit bien, mais trop tard,
Que de sa fin tragique on est l'unique cause,
Quand, par imprudence, au danger l'on s'expose.

II.

Les Deux Chiens et le Vieux Mouton.

Un jeune chien barbet, un vrai caniche enfin,
Avait à peine un mois lorsqu'il perdit sa mère;
Une main charitable, une riche rentière,
Dans son appartement recueille l'orphelin,
Et non loin du foyer lui construit une niche;
Comme un petit mouton élève le caniche,
  Et de mets délicats
   Apprête ses repas.
Notre petit barbet, par mainte gentillesse
Amusait sa vieille maîtresse :
Tantôt faisait le mort ou le ressuscité;
Sur son derrière assis, la tête de côté,
Tantôt l'air gai, tantôt l'air sombre,
Faisait à tout venant des grimaces sans nombre.
La vieille n'aurait pas, pour mille pièces d'or,
  Cédé son cher petit Azor :
C'était son Dieu, son tout, son unique trésor.
  Bref, notre petit drôle
   Jouait fort bien son rôle.
Pour prix de son talent, le jeune bateleur
Recevait maint présent, faisait fort chère lie,
 Était traité de monseigneur :
Sa maîtresse, en un mot, l'aimait à la folie.
  Non loin du ventre heureux,
   Vivait dans l'indigence,

Un pauvre chien galeux
   Occupé, dès l'enfance,
A préserver des loups les paisibles brebis.
A mon maître, dit-il, je fus toujours soumis :
Il me laisse sans pain dans ma cage fétide !
De ma fidélité voilà donc tout le prix !
   O l'inhumain ! ô le perfide !
Si j'avais seulement dans mon auge un peu d'eau
Pour éteindre le feu qui dévore ma peau !.....
   Il en aurait dit davantage,
   Mais un mouton du voisinage
    (Mouton sincère et prudent),
    Arrivant en ce moment,
   Lui tint à peu près ce langage :
De tout temps, en tous lieux, les emplois, les honneurs
Furent toujours le lot des stupides flatteurs ;
   Mais quant aux zélés serviteurs,
Hélas! mon pauvre chien, n'est-ce pas l'ordinaire
De leur donner congé s'ils ne peuvent rien faire !

III.

Le Chat et les Écoliers.

Un chat qui ne vivait que de pêche et de chasse,
Aperçut des enfants qui se rendaient en classe ;
   Il les aborde doucement,
   Leur demande très humblement

S'ils peuvent lui donner quelque aumône légère :
Depuis longtemps, dit-il, je fais fort maigre chère.
    Pour trouver mes repas,
C'est en vain que je cours dans cette vaste plaine
    Et que j'y chasse à perdre haleine
Les oiseaux, les lapins, les souris et les rats ;
    Nul ne se laisse prendre.
    Le soir il faut me rendre
    A jeun dans mon humble taudis,
Dès longtemps dépeuplé de rats et de souris.
De nos joyeux bambins la troupe le console :
—Suis-nous, lui dirent-ils, oh ! viens à notre école,
    Là finiront tous tes soucis ;
Tu couleras tes jours dans l'oisive opulence,
Car nous t'y donnerons de tout en abondance.
— J'accepte de bon cœur votre invitation,
Répondit notre chat ; votre noble action
Me cause un grand plaisir ; pour vous en rendre grâce,
Je veux, mes bienfaiteurs, dépeupler votre classe
Des souris et des rats qui rongent vos papiers,
Et qui vont furetant jusques dans vos paniers.
— Fort bien ! tu croqueras cette vilaine engeance.
Veille sur nos cahiers, mieux sur nos mannequins,
Mais évite surtout jusqu'aux moindres larcins,
Te reposant sur nous des soins de ta pitance.
Oh ! ne t'expose point à ces rudes affronts
Qu'en classe, comme ailleurs, subissent les fripons !!!
Notre chat oublia bien vite sa promesse :

Depuis qu'il eut mets à choisir,
Jamais après les rats on ne le vit courir.
    Bref, il vécut dans la mollesse,
    Et devint si gros et si gras,
Qu'il pût, en embonpoint défier tous les chats.
L'éclat de sa fourrure annonçait le bien-être.
Un vieux chat du quartier se vantait, dit-on, d'être
Son plus proche parent, quoique, jusqu'à ce jour,
    Au puissant il n'eût fait sa cour.
L'invalide minet, forcé par la misère
    D'aller trouver son heureux frère,
Va, sonne, et son parent aussitôt vint ouvrir.
— Que voulez-vous, dit-il, quel sujet vous amène ?
L'autre répond : — Mes soins pouvant à peine
    A mes faibles repas fournir,
    Je viens vous demander l'aumône.
    — Que voulez-vous que je vous donne ?
    A votre âge, quoi ! mendier !
    Chassez donc, c'est votre métier ;
    Courez de la cave au grenier.
Les hôtes de ces lieux sont mets que la nature
    Créa pour votre nourriture.
    L'autre eu beau crier, beau gémir,
    Montrer qu'il ne pouvait courir,
    Jamais il ne put le fléchir.
    Dans le siècle où nous sommes,
    Hélas ! qu'on voit peu d'hommes
Se rappeler l'état dans lequel ils sont nés,

Et conserver dans l'opulence,
Pour les pauvres infortunés ;
La douceur et la bienveillance !

IV.

Le jeune Homme et le Vieillard.

Quel est l'homme ici-bas qui peut dire : Fontaine,
　Je ne boirai point de ton eau ?
　Ce langage n'est point nouveau :
　Le spirituel La Fontaine
　Nous le prouve dans ses écrits :
　Témoins *Le Lièvre et la Perdrix.*
　　Cet homme inimitable
　　Fait voir, dans cette fable,
« Qu'il ne se faut jamais moquer des malheureux ;
« Car qui peut s'assurer d'être toujours heureux. »
Permettez donc, lecteurs, que mon infime muse
　　Vienne, dans ses naïfs écrits,
　　Glaner quelques grêles épis,
Et si de plagiat quelqu'un de vous m'accuse,
　　Peut-être que quelqu'un aussi
　　M'approuvera d'agir ainsi,
Et qu'en juge indulgent ne donne pour excuse,
Que certain devancier m'autorise en ceci :
Qu'en ses œuvres Boileau tient le même langage ;
Que La Fontaine même en parle en son ouvrage,

Bien que certains censeurs soient, sur ce point, divers.
La rime et la raison s'accordant en mes vers,
Alors, sans m'arrêter à ces choses futiles
Ni lasser le lecteur de propos inutiles,
Je reprends mon sujet, je saisis mon pinceau,
   Dès lors, cloué sur mon bureau,
Je ne puis, à tout prix, abandonner la table
Que je n'aie achevé cette naïve fable :
Un jeune villageois, rempli de vanité,
   Faisant surtout le dégoûté,
   Ne trouvait point dans son village
Une fille assez riche, assez belle, assez sage,
Qui fût digne de lui, digne de son amour.
   Qui ? moi ? dit-il un certain jour,
   Épouser une campagnarde ?
   Que d'un tel malheur Dieu me garde !
   Non, non, après mûr examen,
   Je ne puis faire un tel hymen.
   Plûtôt vivre célibataire
   Que de me donner pour beau-père
Un simple vigneron, un grossier laboureur.
Pour moi, de tels pensers sont de vrais crève-cœur.
   Ne soyez pas si difficile,
   Lui répondit certain vieillard :
   En fait d'hymen, le plus habile
   Agit en vrai Colin-Maillard.
   Avec une simple bergère,
   Souvent la vie est moins amère

Qu'avec une riche rentière.

   Ce jeune fanfaron,

   Ayant un certain âge,

   Se vit forcé, dit-on,

   De changer de langage

   (Comme le temps rend sage!)

  Et fut tout aise et tout heureux,

  Lui qui fit tant le dédaigneux,

De rencontrer enfin dans une humble chaumière,

  Non point une riche rentière,

  Mais une simple chambrière.

V.

Le Merle et la Merlesse [1].

Ceci n'est point un conte à plaisir inventé ;

Je vous le donne tel que l'on me l'a conté.

  En peu de mots, voici l'histoire :

Un certain paysan, si j'ai bonne mémoire,

Un jour de carnaval voulant se bien traiter,

Pour passer saintement la sainte quarantaine,

  Dit à sa femme d'acheter

A la ville voisine une citoyen du Maine,

Un couple de poulets, un long cordon d'oiseaux,

---

[1] Que l'on me passe ce mot, car c'est sur lui que roule cette fable.

Composé de pinçons, de merles, de moineaux.
(Du chapelet ailé l'on raconte qu'un merle
Avec grâce formait la plus brillante perle.)
La dame ainsi chargée avançait à grands pas
Pour ne point retarder le moment du repas.
Il me semble la voir courant dans la cuisine
Après le beurre et l'eau, le sel et la farine,
  Le girofle et l'oignon,
  Le poivre et le citron,
 Et la canelle et le gingembre ;
Tandis que son mari, fort tranquille en sa chambre,
En silence attendait le moment du dîner.
Tout étant cuit à point la dame vint sonner :
Ouvrez ! dit-elle, ouvrez ! la table est toute prête,
  Et je vous promets sur ma tête,
  Qu'il ne manque rien à la fête
  Que nous célébrons en ce jour.
  Et quoi ! serait-il vrai, m'amour
  Que la table fût tôt servie !
  N'est-ce point une rêverie ?
— Non vous ne rêvez point, car déjà vous sentez
De tous ces plats l'odeur qui vous vient droit au nez.
  Mangez donc sans cérémonie,
  Moi, j'en vais faire tout autant
   A l'instant.
  — Que dites-vous de ce potage ?
  — Je le trouve d'un goût exquis ;
  Mais quoi dedans avez-vous mis

Pour lui donner un tel ramage[1] ?
— Deux simples feuilles de laurier,
Deux graines de giroflier,
Les débris de notre gibier.
— Enlevez-moi ce plat et m'en donnez un autre.
Femme, à votre santé ; lui présentant un pot.
Celle-ci répartit : Mon époux à la vôtre !
— Merci, femme, merci ; puis reprend aussitôt :
Versez m'en un second, achevons notre rôt.
Celle-ci lui présente ensuite,
Couchés sur une lèchefrite,
Un cordon de pinçons, le merle de tantôt.
— Quel est, dit-il, l'oiseau qui sur ce plat se dresse ?
— C'est un merle, dit-elle. — Ou bien une merlesse,
Lui répond Colin d'un ton sec.
—Les mâles sont jaunes de bec !
— Et les femelles,
Comment sont-elles ?
— Elles ont plumage et bec gris.
— Elles sont absolument comme
Vous êtes maintenant, mon homme,
C'est le vin que vous avez pris
Qui vous a donné leur plumage.
Colin fort étonné d'entendre un tel langage,

---

[1] Le mot *ramage* ici n'est pas français, mais c'est le terme employé généralement pour désigner, pour marquer la qualité des objets qui servent à la nourriture de l'homme. On me la pardonnera d'autant plus que c'est un paysan qui l'emploie.

Se lève tout-à-coup, et s'armant d'un bâton :
— Insolente ! dit-il, et pour qui me prend-on !
La dame le voyant en l'air brandir son arme,
    Lui dit, en versant une larme :
      — J'ai tort et vous avez raison.
    Ce merle est bien une merlesse.
    D'accord, ma femme, et je vous laisse.
    L'on parla d'accommodement
        En soupant :
    La paix fut enfin rétablie.
    L'année à peine était finie,
    Qu'à même époque, à même jour,
    Carnaval était de retour.
    Colin buvant outre mesure,
    Il arriva même aventure :
    On querella, l'on disputa,
    Et même l'on se culbuta ;
    Mais la femme étant la moins forte,
Dit, en prenant le chemin de la porte :
    — Vous avez raison, moi, j'ai tort.
    — Allons, dit Colin, viens, d'accord.
Ainsi, souvent, pour une bagatelle,
    On se dispute, on se querelle ;
Un mot, un rien fait naître une guerre éternelle.
Pendant ces derniers temps, combien en ai-je vus
    Qui pour des riens se sont battus !
A cela, me dit-on : Trouvez-nous un remède ?
Comme en ma fable il faut que le plus sage cède.

VI.

La feuille d'Ormeau et la feuille de Lilas.

Jeunes gens qui toujours vivez d'illusions,
Et qui pensez trouver en d'autres régions
    Et la fortune et le bien-être,
Ne quittez point le sol où Dieu vous a fait naître ;
Apprenez par ces vers qu'il faut se contenter
Des biens dont l'Éternel a voulu nous doter ;
Qu'il ne faut point, poussé par de vaines chimères,
Aller chercher ailleurs des plaisirs éphémères.
Jadis lasse de vivre au sommet du rameau
    Qui lui donnait la nourriture,
    Une jeune feuille d'ormeau
Se crut en droit, dit-on, d'accuser la nature
De l'avoir condamnée à mourir au désert.
    Enfin, dit-elle, à quoi me sert
    D'être vêtue à la légère,
    Si je n'ai point la liberté
D'abandonner, selon ma volonté,
Le coin de terre où mon père est planté ?
— Ne suis-je point, ma sœur, comme vous condamnée
A vivre et mourir sur la branche où je suis née ?
    Lui dit la feuille de lilas,
    Cependant je ne me plains pas.
    Je trouve ici bon vent, bonne rosée :
Que me faut-il de plus, à moi, pauvre arbrisseau !

— Vaiment il vous sied bien de tenir ce langage,
   Répartit la feuille d'ormeau !
   N'êtes-vous pas, par mon feuillage,
   A l'abri des coups de l'orage ?
   Qu'il fasse froid, qu'il fasse chaud,
   Qu'il pleuve, qu'il tonne ou qu'il grêle,
Que le temps soit au sec ou que l'onde dégèle,
N'êtes-vous pas toujours à couvert du vent haut ?

   — C'est vrai, sous votre couverture
   Je n'ai jamais craint la froidure.
   Aussi grâce à votre berceau,
   Grâce à votre âme généreuse,
   Dit la feuille de l'arbrisseau,
  Ici, je vis on ne peut plus heureuse.
   C'est pourquoi je demande à Dieu
   Qu'il vous conserve dans ce lieu.
— Quoi ! moi rester ici !... dit la feuille orgueilleuse.
   Non il ne faut point y songer :
Je saurai bien, ma sœur, affronter le danger.
Ah ! déjà je me vois au sein de l'atmosphère !
A mon rameau voyez que je ne tiens plus guère.
Y rester plus longtemps me serait un affront.
   Oh ! viens m'en détacher, Eole,
   Afin qu'avec toi je m'envole !
A répondre à sa voix Eole fut très prompt :
Il la touche et le lien qui la retient se rompt.
   Soudain la voilà citoyenne
     Aérienne.

D'abord le dieu des vents
La conduit à pas lents.
Il semble qu'en l'air elle glisse ;
Mais bientôt les outres d'Ulysse
Venant à se crever, font éclore dans l'air
Un ouragan qui siffle, gronde,
Qui vous la pousse dans la mer.
D'abord elle se tint sur l'onde ;
Enfin, après de vains efforts,
Elle descend au sombres bords.
Jeunes gens qui quittez la maison paternelle,
Êtes-vous, dites-moi, beaucoup plus sages qu'elle ?
Par le même chemin vous rencontrez la mort
Avant que d'atteindre le port.

VII.

Le Perdreau et le Vautour.

De la plaine chassé par un oiseau de proie,
Un jeune et malheureux perdreau
Pour se sauver prit une voie
Inconnue au vorace oiseau :
Il entre, par une fenêtre,
Tout essoufflé, tout haletant,
Dans l'humble demeure d'un prêtre,
Et le vautour honteusement,
Retourne en son séjour champêtre.

Alors notre pauvre émigrant
Put respirer sans crainte en cet asile.
  Le pasteur entre en ce moment :
  — Quel est, dit-il, en le voyant,
Cet infortuné volatile ?
  Tu viens ici fort à propos.
— Ah ! daignez m'écouter, je vais en peu de mots,
Dit l'oiseau, vous conter ma fâcheuse aventure :
De tout temps aux vautours nous servons de pâture,
  Monsieur, vous ne l'ignorez pas.
Ce matin dans un champ je prenais mon repas,
Quand ce maudit oiseau, du haut de l'atmosphère,
S'en vint fondre sur moi. De sa tranchante serre
Il allait me saisir quand, passant près d'ici,
  Je vis cette fenêtre ouverte,
Je me sauvai soudain dans cette chambre-ci :
Heureux, dans mon malheur, de la trouver déserte.
  — Rassure-toi, pauvre perdreau,
  Et ne crains point que cet oiseau,
  Qu'avecque raison tu redoute,
  Ne vienne ici par même route.
Chez moi tu couleras de long et d'heureux jours,
Sans craindre désormais la race des vautours ;
Tu n'iras plus aux champs chercher ta nourriture :
Ici tu trouveras abondante pâture,
  En vert, en sec, en menus grains.
— Hélas ! dit l'exilé, tous vos soins seront vains !
De tous ces mets, Monsieur, fort peu je me soucie.

Car, enfin, qu'est-ce que la vie ?
A quoi sert d'être bien traité,
Si l'on a pas la liberté ?
L'homme de Dieu surpris d'entendre ce langage
Ne veut pas retenir prisonnier plus longtemps
Le perdreau malheureux. Ouvrant soudain sa cage,
Il lui donne la clef des champs.

VIII.

L'Arpenteur.

Je veux montrer en ce récit,
Que l'enseigne fait le crédit :
Devant un maire de village
Se présentait un jour un lettré personnage.
Il venait déclarer la naissance d'un fils
Qu'au monde sa femme avait mis.
— Bonjour, monsieur le maire,
Je viens, dit-il, vous faire
La déclaration d'un enfant nouveau-né,
Que ce matin ma femme m'a donné.
— Vos noms et qualités, dit le fonctionnaire.
Notre savant, alors, s'étant déboutonné,
Répond : — Monsieur, sur l'acte il faudra mettre :
Nicolas Dujalon, arpenteur-géomètre.
Je vous le ferai voir, car voici mon cachet.
— En effet,
Répond le magistrat au plaisant personnage,

Je lis ici que vous connaissez l'arpentage.

Et puis reprend d'un air moqueur :

Combien de mètres sont du pôle à l'équateur ?

— Monsieur, la réponse est facile,

Dit notre savant arpenteur :

On en compte quarante mille.

— Colas [1], dit l'employé, que vous êtes habile !

Que d'hommes ici-bas à l'arpenteur égaux,

Qui, pour talent, n'ont que leurs sceaux !

IX.

La Taupe, le Canard et les Chasseurs.

Se promenant le long du Loir,

Une taupe s'y laissa choir.

D'abord sur l'onde elle se porte,

Mais à la fin l'onde l'emporte.

Elle allait se noyer, quand passant par hasard,

Près d'un canard,

Elle crie : au secours !... Le généreux bipède

S'empresse d'aller à son aide :

Il vous la saisit de son bec,

Vous la conduit à bord et vous la met à sec.

Les taupes ne sont point ingrates,

Cette fable le fera voir.

La souterraine gent se mit vite en devoir,

[1] Diminutif de Nicolas.

Avec son nez, avec ses pattes,
De se creuser une maison,
Un vrai labyrinthe, dit-on,
Où mainte route et mainte allée
Menaient dans la sombre vallée
A mainte et mainte taupinée.
Grossi par des torrents, le Loir franchit ses bords;
Ses eaux inondent les campagnes,
Submergent le sommet des plus hautes montagnes.
La gent qui vit sous terre abandonne ses forts,
Fait ses adieux à la prairie,
Et s'enfuit au plus vite en de lointains climats.
L'oiseau qui lui sauva la vie
Prenait sur l'onde ses ébats;
Mais un chasseur armé de son tube homicide,
Ose s'aventurer sur la plaine liquide :
Il est près de frapper le généreux canard,
Quand, sous l'onde, une taupinière,
Fait échouer la barque meurtrière.
L'oiseau lève la tête, entend le bruit et part,
Et notre braconnier regagne le rivage
A la nage.
C'est assez, je m'arrête; il suffit qu'on ait vu
Qu'un bienfait n'est jamais perdu.

X.

Le Corbeau et le Coq.

Un corbeau très voleur, si jamais il en fut,
    Chez un orfèvre avait son domicile ;
Le soir et le matin il était à l'affut
    En quelque coin de son asile,
    Et, comme il était fort habile,
Pillait d'ici, de là, chaîne d'or et d'argent,
Montres et bracelets partaient adroitement.
Un coq qui le surprit en ses vagabondages,
Lui dit : — A quoi te sert d'emporter ces bagages ?
— A rien, dit le corbeau ; mon unique plaisir
Est de les mettre en tas, sans jamais en jouir.

Avares, dans ces vers que vous venez d'ouïr,
    Reconnaissez votre langage.
Et dans ma fable aussi, comme dans un miroir,
    Vous pouvez voir
Reproduite à grands traits votre hideuse image.

XI.

Le Boulanger, le Paysan et le Commissaire de Police.

Il vaut mieux, tous tant que nous sommes,
Obéir au bon Dieu qu'aux hommes.
Certains magistrats d'ici-bas

Cependant ne balancent pas.
A mettre au premier rang toutes les lois humaines ;
Mais bien moins scrupuleux quant aux lois souveraines
    Ils n'en font aucunement cas.
  A ce sujet il me souvient d'un conte
Qui de maint employé un jour sera la honte.
    (Faut-il le dire encor tout bas.)
Un certain paysan n'ayant ni pain ni pâte
    Soudain s'en vient en toute hâte
    Chez le boulanger son voisin :
    — Monsieur, dit-il, me faut du pain !
Or, c'était un jeudi de la semaine sainte.
Le boulanger répond : — Monsieur, je n'en ai pas !
— Puisqu'il en est ainsi, je m'en vais de ce pas,
Répond notre affamé, contre vous porter plainte.
    — Faites, Monsieur, faites sans crainte,
Allez, dénoncez-moi, vous en avez le droit.
    Notre manant s'en va tout droit
    Chez l'employé de la police ;
Qui sans plus tarder vient et dit au boulanger :
    — Je veux soudain que l'on pétrisse ;
    Cet homme a besoin de manger ;
Obéissez sur l'heure, ou gare la justice !
    — Monsieur, lui répond le mitron,
    Sachez donc qu'en cette saison
Et durant ce saint temps chaque boulanger chôme.
    — Eh ! que me fait à moi, dit l'homme
Au collet argenté, votre saint temps pascal ?

Je m'en vais contre vous dresser procès-verbal,
    Sans craindre les foudres de Rome.
    —Notre patron saint Honoré,
Reprit le boulanger, de nous tous vénéré,
Se conduisait ainsi dans ce temps de carême :
Suis-je coupable ou non, d'avoir agi de même ?
    —Il s'agit bien des saints en ce moment,
    Répartit notre commissaire.
    Chauffez votre four promptement,
    Vous n'avez rien de mieux à faire
Si vous voulez éviter ma colère.
Faites valoir vos droits, vous aurez toujours tort :
Les meilleures raisons sont celles du plus fort.

XII.

Le Plomb et le Fer.

A M. C. et A. R.

Deux lourds métaux, le plomb, le fer,
Un certain jour se proposèrent
De visiter les pays d'outre-mer.
Un beau matin ils s'embarquèrent
    Prestement
    Sur même bâtiment.
Le fer partait pour l'Amérique,
L'autre personne métallique
Allait aux champs de Mars dans les plaines d'Afrique.
Nos deux aventuriers, nos jeunes émigrants,

Sur l'élément liquide étaient toujours tremblants,
    Craignant à bon droit un naufrage.
Car, comment, dit le plomb, regagner le rivage
    Et nous tirer d'un tel danger ?
    Nous ne savons tous deux nager.
Pour dissiper l'ennui durant la traversée,
    L'autre personne, fort sensée,
Amène adroitement la conversation
    Sur les immenses avantages
    Que tirait d'eux leur nation.
A ces mots le plomb dit : — On connaît mes usages ;
Je sers en mainte et mainte occasion.
Par la poudre lancé, je couche dans la plaine
Le lièvre qui veut fuir, le lapin de garenne,
    Et la perdrix qui fend les airs :
Toujours obéissant à la main qui me guide,
    J'atteins au milieu des déserts,
    Comme sur la plaine liquide,
    Les quadrupèdes, les oiseaux ;
    Plus d'un poisson sous mes réseaux,
    Sous le filet qui le recouvre,
Se trouve prisonnier, même au milieu des eaux.
    A la guerre, le premier j'ouvre
Un feu vif, meurtrier, fais sauter les remparts,
    Et je porte de toutes parts
La terreur et la mort. Je hâte la victoire.
    Plonger les peuples dans le deuil,
    Voilà mon mérite et ma gloire.

—Le fer répond avecque moins d'orgueil :
Je n'ai point les talents que chez vous l'on remarque.
Si quelquefois je sers le courroux d'un monarque,
 Ce n'est souvent que par nécessité,
  Pour protéger mainte cité,
Et secourir maint peuple qu'on opprime :
Prendre ainsi part au feu ne doit point être un crime.
A d'utiles travaux souvent aussi je sers :
  Par moi maints sillons sont ouverts,
  Partout je combats la famine,
  Je fertilise la colline,
  Et le ciel bénit mes travaux :
Bref, par toute la terre on sait ce que je vaux
  Et puis ajoute sans malice :
  J'honore encore la vertu,
  Comme aussi je flétris le vice :
  J'accompagne au dernier supplice
  Celui qu'a frappé la justice.
  A ces mots le métal s'est tu.
O vous que les neuf Sœurs admettent à leur table,
Vous qui m'avez donné le sujet de ma fable
  Je vous laisse la liberté
  D'en rimer la moralité.

XIII.

L'Épagneul.

Un gentil épagneul, chez un riche marquis,
  Avait élu son domicile.

Dans cet heureux état, tous les chiens de la ville
Se faisaient un honneur d'être de ses amis,
  D'aller le voir en son logis.
  Passant un jour dans une étroite rue,
Il en vint à sa suite une telle cohue,
  Dont les cris et les hurlements
  Étourdirent tous les passants.
Chacun veut le flairer, chacun lève la patte,
Sur son heureux état, chacun aussi le flatte :
  Bref, il fut flairé galamment
  Et par derrière et par devant,
Et par nos chiens conduits jusqu'en son logement.
Notre épagneul un jour mordit son jeune maître,
  Bien que ce fut légèrement,
  (Encor le fit-il en jouant).
  Il fut chassé honteusement,
  Du logis qui l'avait vu naître.
  Ainsi jeté sur le pavé,
Notre épagneul se vit soudain privé
Des biens dont il jouit durant plusieurs années :
  Il lui fallut pendant plusieurs journées
  Se contenter des restes qu'il trouvait :
  Son poil, plus qu'il n'en eût pu dire
  Annonçait que le pauvre sire
  Plus d'une fois par jour jeunait.
Or un soir revenant d'une longue tournée,
  Il rencontra la troupe fortunée
  Des roquets, ses anciens amis,

Qu'il avait autrefois à ses repas admis.
Il leur demanda donc quelque légère aumône
Et s'ils voulaient l'admettre en leur société :
Son état et ses cris ne touchèrent personne,
    On vous le laissa de côté.
Humains, faut-il que ceci vous étonne ?
    Soyez dans la prospérité,
D'amis fort empressés votre chambre foisonne ;
    Mais tombez dans l'adversité,
    Tout le monde vous abandonne.

XIV.

L'Ane et le Rossignol.

A. M. C. et A. R.

    Un baudet plein de suffisance,
(Si parmi les baudets il s'en trouve de tels)
Las de s'entendre dire, en mainte circonstance,
Que son doux chant blessait l'oreille des mortels,
Las, dis-je, enfin d'ouïr traiter son chant de braire,
Lui qui se vantait d'être un second Arion,
    Se mit en tête de faire
Instruire son cher fils, héritier, ce dit-on,
De ses nobles talents, de sa voix gracieuse.
Qui ne serait flatté d'instruire un tel sujet,
    Disait à part notre baudet ?
Du rossignol, la voix harmonieuse

Sut charmer son oreille, et le chantre des bois
Par lui fut appelé. Le roussin d'Arcadie
  Pouvait-il faire un meilleur choix
Pour donner à son fils des leçons d'harmonie?...
Bref, les voilà d'accord : Philomèle consent
  A prendre chez elle l'enfant.
Le précepteur choisit les bois pour lieu d'étude.
Par des sût! sût! sût! sût! Philomèle prélude.
Le disciple y répond par son aigre hihan,
  Sur la pointe des pieds se lève.
Le maître de musique engage son élève
A ne point se guinder sur ses pieds en chantant :
  Cette pose est peu gracieuse ;
Votre voix, reprit-il, est peu mélodieuse,
Vous n'avez point d'oreille. A ces mots le baudet
  Crut devoir prendre la parole;
  Mais le prudent maître d'école
Lui fit signe aussitôt de garder le tacet,
De prendre en bonne part ce qu'il pourrait lui dire
Et puis répond soudain : Reprenons notre lyre.
L'écolier obéit. Le chantre du printemps
Se met à moduler de mélodieux chants.
Des roulements de voix, d'harmonieux accents.
Notre baudet, peu fort sur l'acoustique
  N'entend rien à cette musique,
A son maître répond toujours par son hihan,
  Et ne veut pas cesser de braire.
  Le rossignol s'apercevant

Qu'il n'en pourrait jamais rien faire
Vous le renvoya chez son père.
Celui-ci l'interroge et se trouve surpris
De voir qu'il n'avait rien appris :
De son peu de savoir en accusa le maître.
Dans cette fable, ami, je crois te reconnaître.
Tu me comprends, je t'ai compris :
Bref, cet apologue s'applique
A plus d'un maître qu'on critique.
Paysans, quand vos fils sont lourdauds comme vous,
Convenez enfin avec nous
Que le maître le plus habile,
Pour vous les rendre instruits, s'échauffe en vain la bile.

ODE Ire

TIRÉE DU PSAUME 42.

Dieu, sois mon avocat, Seigneur plaide ma cause ;
Délivre-moi de l'homme injuste, vain, trompeur.
Contre cet ennemi, juge suprême oppose
    La force de ton bras vengeur.

Ne me repousse point, mon Dieu vois ma tristesse ;
Regarde autour de moi cet esprit seducteur :
Vois comme en sa colère il me pousse et me presse,
    Comme il travaille à mon malheur.

Tire-moi du milieu de ce cercle d'impies ;
Mon Dieu, sépare encor ma cause de la leur ;
Mais n'abandonne pas ces âmes endurcies
    Qui méconnaissent leur auteur.

Ta divine lumière éclairant la campagne,
Montre à tous le chemin qui conduit au bonheur.
Que ne puis-je déjà sur la sainte montagne,
    Chanter tes louanges, Seigneur.

Protège l'innocence, aplanis les obstacles
De ces sacrés sentiers qu'a quittés le pécheur :
De ta sainte demeure, ouvre ces tabernacles
    Dont l'aspect calme ma douleur.

De l'autel du Très-Haut j'approcherai sans crainte ;
J'irai plein d'espérance au banquet du Sauveur ;
Je m'agenouillerai près de la table sainte
    Où m'invite mon Rédempteur.

Mortels rendez à Dieu des actions de grâces ;
Déposez vos tributs aux pieds de sa grandeur;
N'ayez point honte, enfin, de marcher sur les traces
    Du Dieu qui veut votre bonheur.

ODE II

TIRÉE DU PSAUME 112.

Mêlez vos chants joyeux aux accents de ma lyre ;
Louez tous le Seigneur, peuples de l'univers ;
Et que les bienheureux du lumineux empire
    Entonnent de pieux concerts.

Quand l'astre du matin ramène la lumière,
Quand le coq vigilant fait entendre sa voix,
Au créateur du jour faites votre prière
    A genoux aux pieds de la croix.

A chaque instant du jour publiez les louanges
De celui qui réside au haut du firmament;
Unissez vos accents aux doux concerts des anges
    Jusqu'au grand jour du jugement.

Le règne du Très-Haut ne sait point de limites ;
La puissance divine embrasse l'univers.
De toute éternité vos orbes sont décrites,
    Astres qui roulez dans les airs.

C'est le Dieu trois fois saint qui commande aux tempétes
Dont la terre et les cieux sont sans cesse agités ;
C'est sa puissante main qui borne les conquêtes
    De tous ces tyrans redoutés.

Au-dessus du soleil il a placé son trône :
Quel mortel oserait se comparer à lui ?
Pas plus le conquérant qui bâtit Babylone
    Que ceux qui règnent aujourd'hui.

Il élève souvent du sein de l'indigence
Des hommes condamnés à mourir malheureux.
Quelquefois d'un berger d'une obscure naissance
    Il fait un prince valeureux.

Il donne des enfants à l'épouse stérile,
Et cette tendre mère, au comble de ses vœux,
Élève ses regards vers le céleste asile
    Peuplé de tant de bienheureux.

ODE III

TIRÉE DU PSAUME 120.

Mortels, levez les yeux vers la voûte céleste :
C'est là que l'Éternel au monde manifeste

Et sa puissance et sa grandeur.
Tous ces corps lumineux qui roulent sur nos têtes
Nous révèlent celui qui commande aux tempêtes,
    Brise les vents dans leur fureur.

C'est du Dieu qui de rien fit le Ciel et la terre,
Qui tira du néant ce que le globe enserre,
    Qu'ici-bas j'attends du secours.
Sous la garde d'un Dieu, que j'ai choisi pour guide,
Non, non, je ne crains point qu'une main homicide
    De mon bonheur change le cours.

Et si le Ciel me donne un ange tutélaire,
C'est afin que mes pieds ne heurtent point la pierre
    Des sacrés vallons d'Israël.
Combats à mes côtés, ange, marche à ma droite,
Et viens guider mes pas dans cette voie étroite
    Qui mène aux pieds de l'Éternel.

Ne craint point du soleil l'influence fâcheuse ;
La lune te rendra la nuit moins ténébreuse,
    M'a répondu le Tout-Puissant.
Je guiderai ta marche au milieu des ténèbres
Et je te ferai voir les lieux que tu célèbres
    Par un cantique si touchant.

ODE IV

TIRÉE DU PSAUME 131.

Mon Dieu, conservez la mémoire
De David votre serviteur.
Heureux si, dans mes vers, j'éternise la gloire
De ce roi selon votre cœur.

Trinité sainte que j'adore,
N'oubliez pas le vœu qu'il fit;
De son serment d'amour souvenez-vous encore;
Ce roi dans sa douleur a dit :

Quoi ! l'arche du Seigneur habite
Dans tes bois, loin de mon palais !...
Que le Dieu de Jacob, à ma race maudite,
En ferme l'entrée à jamais.

Que jamais mon chef [1] ne repose
Sur l'édredon, les lits pompeux,
Tant que l'arche du Dieu qui créa toute chose
Ne sera point dans ces saints lieux.

---

[1] Certain critique me fit un jour observer que le mot *chef* ne pouvait ici remplacer le mot *tête*. Moi qui suis peu avancé dans la science synonymique, j'en référai au dieu des vers. Voici ce qu'Apollon me répondit :

D'un mot, peu satisfait, souvent un grand poète
Pour son équivalent se met l'âme à l'envers.
Ami, plus n'est besoin de supprimer ton vers,
Chef est, sur l'Hélicon, synonyme de *tête*.

Que jamais le sommeil ne vienne
Dire à mes yeux de se fermer ;
Mais faites, ô mon Dieu ! que mon cœur se souvienne
Du projet qu'il me vit former.

Que mon ambition unique
Soit de trouver enfin un lieu
Où je puisse élever un temple magnifique
Pour recevoir l'arche de Dieu.

Dans Ephrata je t'ai trouvée,
Arche qu'habite l'Éternel,
Et ma race par toi, du naufrage sauvée,
En rend gloire au Dieu d'Israël.

Transportez dans la ville sainte
Le tabernacle du Seigneur,
Et que Jérusalem élève, en son enceinte,
Un monument en son honneur.

Tels étaient les chants d'allégresse
De ce grand roi vraiment pieux :
Qu'au sort de mon cher fils l'Éternel s'intéresse,
Et je mourrai, dit-il, heureux.

« David, je t'en fais la promesse ;
« Ne doute point de mon serment :
« Ton fils aura ton trône, il aura la sagesse,
« A répondu le Tout-Puissant.

« Si mes lois lui sont toujours chères,
  « Je le comblerai de bienfaits ;
« Et le dernier des fils, sur le trône des pères,
  « Y règnera comme eux en paix.

  « J'ai choisi Sion pour demeure :
  « Que la veuve, que l'orphelin,
« Que ceux que la faim presse y viennent à toute heure,
  « Je les rassasierai de pain.

  « Saints, saints, tressaillez d'allégresse ;
  « Vous, prêtres, soyez revêtus
« De cette pureté qui mène à la sagesse
  « Et fait la gloire des élus.

  « Je couvrirai d'une couronne
  « L'auguste front de ce grand roi,
« Et que ses ennemis, quand c'est moi qui l'ordonne,
  « Soient saisis de crainte et d'effroi.

ODE V

TIRÉE DU PSAUME 150.

O vous, qui régnez dans le ciel,
Bienheureux qui vivez dans une paix profonde,
Rendez hommage à l'Éternel,
A celui qui de rien forma la terre et l'onde.

2*

Peuples, louez tous le Seigneur :
Et dans le firmament, où brille sa puissance,
Venez adorer la splendeur
Du Dieu terrible et doux qui vous donna naissance.

Au bruit des tambours et des cors,
Sur la lyre et la harpe, au son de la guitare,
Venez exprimer vos transports :
Ramenez au bercail la brebis qui s'égare.

A nos chants, mêlez les accords
De vos doux instruments, de voix angéliques ;
De vos luths, pressez les ressorts :
Anges, saints, entonnez vos sublimes cantiques.

STANCE

A la louange de ceux qui craignent Dieu.

Heureux mille fois ceux qui craignent le Seigneur ;
Rien ne peut ici-bas altérer leur bonheur :
    La paix de l'âme est leur partage,
    Leur existence est sans nuage
    Comme leur fin est sans remords.
Je les vois avec joie entrer dans la nuit sombre,
Et l'esprit séducteur, qui n'agit que dans l'ombre
Des serviteurs de Dieu, malgré tous ses efforts,
    N'en peut diminuer le nombre.

STANCE

A la louange de ceux qui aiment Dieu.

Je me sens embrasé, je me sens en délire,
L'amour que j'ai pour Dieu me réchauffe et m'inspire
    Ces chants joyeux, ces doux concerts.
O viens, viens animer les cordes de ma lyre,
Toi dont la main puissante a formé l'univers !
    Entretiens au fond de mon ame
    Ce feu sacré qui brûle en moi,
    Cette pure et céleste flamme
    Qui m'élève jusques à toi.

CANTIQUE

TIRÉ DU CHANT ADESTE FIDELES.

Nos cœurs sont remplis d'allégresse :
Un Dieu fidèle à sa promesse,
Au monde donne un Rédempteur.
Accourez donc peuple fidèle,
Le Roi des anges vous appelle,
Venez adorer le Seigneur.

Faites éclater votre joie,
Et qu'à Béthléem on vous voie
Prosternés aux pieds du Sauveur.
Le Roi des anges vient d'y naître,
Peuples, venez le reconnaître,
Venez adorer le Seigneur.

Au Tout-Puissant toujours soumise,
Cette Vierge, par Dieu promise,
N'enfanta point dans la douleur
L'enfant Jésus qui vient de naître.
Peuples, venez le reconnaître,
Venez adorer le Seigneur.

Dociles à la voix céleste,
Dans leur demeure humble et modeste
Des bergers veillent le Sauveur,
Le Roi des rois qui vient de naître.

Peuples, venez le reconnaître.
Venez adorer le Seigneur.

Peuples, courez en cette ville,
Allez chérir en cet asile
Cet enfant cher à votre cœur,
Ce Roi des rois qui vient de naître.
Peuples, venez le reconnaître,
Venez adorer le Seigneur.

O rois ! que l'étoile vous guide
Jusqües à l'étable où réside
Jésus notre libérateur,
Le Roi des anges notre maître.
Peuples, venez le reconnaître,
Venez adorer le Seigneur.

Votre or, votre encens, votre myrrhe
Sont dignes du Dieu qui m'inspire..
Unissons-nous, chantons en chœur :
Le Roi des anges vient de naître,
Peuples, venez le reconnaître,
Venez adorer le Seigneur.

A l'exemple de ces rois mages,
Offrons à Dieu nos cœurs pour gages
De soumission au Sauveur,
Au Roi des rois qui vient de naître.
Peuples, venez le reconnaître,
Venez adorer le Seigneur.

Pécheurs, voyez, entouré d'anges,
L'enfant Jésus couvert de langes ;
Du froid affrontant la rigueur,
Pour vous sauver il vient de naître.
Peuples, venez le reconnaître,
Venez adorer le Seigneur.

Jésus, la splendeur éternelle,
Lave la tache originelle,
Se faisant notre Rédempteur.
C'est pour nous qu'il a voulu naître.
Peuples, venez le reconnaître,
Venez adorer le Seigneur.

Pour nous, son amour est extrême.
Aimons-le donc puisqu'il nous aime,
Et répétons en son honneur :
Notre Rédempteur vient de naître,
Peuples, venez le reconnaître,
Venez adorer le Seigneur.

POÉSIES DIVERSES.

CONNAISSANCE DE DIEU.

Connaître le Seigneur, c'est connaître Celui
Qui commande à la mer, apaise les tempêtes,
Enchaîne les malheurs qui menacent nos têtes.
Antérieur à tout, tout fut créé par Lui :
L'homme, être intelligent, les plantes et les bêtes,
Ces corps éblouissants qui roûlent dans les airs,
Et la terre et les cieux, enfin tout l'univers.
Vous êtes, ô mon Dieu ! la parfaite justice ;
Vous aimez la vertu, vous détestez le vice.
Connaître en vous, mon Dieu, l'arbitre souverain
Qui décide du sort de tout le genre humain,
C'est préparer son âme à la vie éternelle,
Poser le fondement d'une gloire immortelle.
Que d'insensés mortels, que d'hommes assez vains,
Osent désavouer l'ouvrage de vos mains !
Et comblés de vos biens, ils osent méconnaître
Celui qui seul existe et qui seul fait tout naître.
Ingrats ! de tous ces biens, la contemplation
Vous révèle l'auteur de la création.
Est-ce le feu, l'eau, l'air et la machine ronde,
Ces célestes flambeaux qui gouvernent le monde ?

L'éclat de ces objets éblouissant vos yeux,
Vous vous imaginez que ce sont là des dieux !
Vous leur attribuez la puissance divine !
Et vous croyez qu'ils ont créé notre machine !...
Sachez bien que Celui qui de rien les créa,
Doit être plus puissant que tous ces objets là.
Si de l'onde et de l'air vous voyez la puissance,
Comprenez, de Celui qui leur donna naissance,
La force, le pouvoir, l'admirable grandeur.
Que d'hommes cherchant Dieu sont tombés dans l'erreur
Ils ont par leurs talents, leur science profonde,
Expliqué l'univers comme l'ordre du monde,
De l'ouvrage d'un Dieu reconnu la grandeur ;
Peut-on les excuser de douter de l'auteur ?

DEMANDE

D'un Secours à S. M. l'Impératrice des Français,

Pour l'établissement de Fonts Baptismaux dans l'église de Houssay
(Loir-et-Cher).

IMPÉRATRICE aimable et dont le noble cœur
A su charmer celui du plus noble empereur,
Vous avez signalé votre arrivée au trône,
Par des actes humains : l'amnistie et l'aumône.......
Des dons qui vous sont faits, connaissant tout le prix,
Vous les sacrifiez à fonder, dans Paris,
Un asile pieux où la jeune orpheline
Se nourrit par vos soins d'une sainte doctrine,
S'applique à vous connaître et fait vœu de bénir

La charitable main qui sut la recueillir.
Vous êtes, ô Princesse ! une autre Providence
Pour ces pauvres enfants, et votre bienfaisance
Est pour tous les Français une ancre de salut.
De votre charité chacun reçoit tribut :
Par vous les malheureux sont rendus à la vie ;
Le Français exilé retrouve sa patrie ;
L'enfant retrouve un père et l'épouse un époux :
Tout homme repentant, en un mot, est absous.
Aussi chaque Français vous aime et vous estime,
Et son amour pour vous est amour légitime.
Ah ! si d'un vol hardi par les Muses guidé,
J'ose offrir quelqu'encens à votre Majesté,
Daignez noble Princesse, espoir d'un noble empire,
Daignez prêter l'oreille aux accents de ma lyre !
Et souffrez qu'en ces vers un modeste rimeur
Adresse une prière à votre aimable cœur :
Un humble monument d'une indigence extrême,
Dépourvu de ses fonts, où l'eau du saint baptême
Inondant notre front nous fait enfant de Dieu,
Attend de vos bontés, pour orner ce saint lieu,
Ce réservoir sacré de l'onde salutaire
Qui lave le péché de notre premier père.
Sur ce marbre bénit qu'on grave votre nom,
Et que chacun s'écrie en voyant votre don :
Que le Dieu qui préside aux destins de la France,
Que le Dieu qui marqua votre illustre alliance
(Être infiniment bon qu'on invoque à genoux),
Ait en sa sainte garde et l'épouse et l'époux.

GUERRE D'ORIENT

—

Quittez, Muses, quittez vos demeures secrètes,
Et de vos feux sacrés embrasez les poètes.
O toi, qu'on voit toujours au banquet d'Apollon,
Daigne guider mes pas dans le sacré vallon !
Réponds à mon appel, déesse que j'implore ;
Fais retentir mes chants au-delà du Bosphore !
Regarde à l'Orient ces valeureux soldats
Rivalisant d'ardeur, au milieu des frimats,
Pour refouler au nord ce tyran inflexible
Qui, trop longtemps, hélas ! se croyant invincible,
Chez le peuple ottoman sema partout l'effroi,
Voulut qu'Abdoul-Meidjid obéit à sa loi ;
Que la Sublime-Porte augmentât son empire.
Mais Napoléon III qui pour la paix respire,
Envoie à son secours de valeureux guerriers :
La reine d'Angleterre y joint ses boucliers.
Pour combattre un tyran, l'on choisit des Alcides,
Et l'on transporte au loin des armes homicides.
Courez, vaillants soldats, moissonner vos lauriers.
A marcher au combat, vous êtes les premiers ;
A venger l'opprimé, votre âme est toute prête.

Achevez noblement cette noble conquête.
Le canon de Sinop vous fait battre le cœur :
C'est d'horribles combats le signal précurseur.
Mais qui peut un moment douter de la victoire ?
Si je vois Saint-Arnaud mourir couvert de gloire,
Je vois là Canrobert ; ensuite, au second rang,
L'invincible Bosquet, l'intrépide Raglan.
De ces jeunes Nemrods, la foudre toujours prête
Vient frapper le Cosaque au sein de sa conquête :
D'Inkerman et d'Alma les combats sont sanglants.
Là, comme à Bomarsund, nos chefs sont triomphants.
Que le noble exilé de l'île Sainte-Hélène,
Que le héros qui gît sur les bords de la Seine
Tressaille d'allégresse en voyant ses neveux
Faire courber le front au Cosaque orgueilleux.
Quand je vois du Très-Haut les images divines
Briller, avec orgueil, sur vos nobles poitrines,
Soldats ! je vous admire et ne crains point pour vous
Les traits que l'ennemi forge dans son courroux.
Ces boucliers sacrés, ces puissantes égides
N'ont point à redouter ses armes homicides :
Le plomb, le fer, l'airain, lancés de toutes parts
Ne peuvent ébranler vos solides remparts.
Marchez, serrez vos rangs, soldats pleins de courage !
Sur votre fier rival, avide de carnage,
Fondez avec fureur, fondez avec transport,
Qu'il soit, par vos exploits, refoulé vers le Nord.

COUPLETS
SUR LA GUERRE D'ORIENT.

—

COUPLETS SUR LE DÉPART DES FLOTTES ALLIÉES.

Toute l'Europe est en liesse !
O vous, qui régnez au Permesse,
Soyez dociles à ma voix !
Publiez les brillants exploits
De notre glorieuse armée,
Qui va s'illustrer en Crimée ;
Et du plus fier des potentats,
Va limiter tous les états.

La Sublime-Porte opprimée
Demande à l'Europe une armée
Pour repousser cet oppresseur,
Ce tyran, cet usurpateur.
A son appel Paris et Londres
S'empressent vite de répondre :
Soudain apparaît sur les flots
Une flotte de cent vaisseaux.

COUPLETS SUR LE BOMBARDEMENT D'ODESSA.

Sur la Baltique et la mer Noire,
Français, Anglais, vont à la gloire ;
Leurs flottes, en de lointains climats,

Transportent de vaillants soldats.
Sur la terre comme sur l'onde,
Sur Odessa la foudre gronde,
Et déjà nos braves guerriers
Remportent de brillants lauriers.

Soldats, couronnez-vous de gloire ;
Ne voyez-vous pas la victoire
Suivre partout vos étendards ?
Marchez, vaillants enfants de Mars ;
Et dans ces murs, ne laissez trace
De ces ennemis pleins d'audace,
Qui, ravageant tous les pays,
Devaient venir jusqu'à Paris.

COUPLETS SUR LA BATAILLE D'ALMA.

A l'approche de nos cohortes
Plusieurs villes ouvrent leurs portes.
Malgré les bombes, le canon,
Sur l'Alma, Menstchikoff tient bon ;
Mais Saint-Arnaud, que rien n'étonne
Au noble métier de Bellonne,
Fait avancer nos bataillons
A travers de rouges sillons.

L'airain, de sur ces monts terribles,
Vomit, par cent bouches horribles,
Le plomb, le fer, le feu, la mort ;

Mais animés du même accord,
Du même amour qui les embrase,
Malgré le feu qui les écrase,
Et les obus et les canons,
Nos soldats grimpent sur ces monts.

De morts la montagne est jonchée ;
L'armée ennemie est forcée,
A l'aspect de nos bataillons,
De reculer ses pavillons,
Sur les remparts du vaste empire,
Sur Sébastopol, point de mire :
Et l'ennemi tant redouté.
Rentre en désordre épouvanté.

COUPLETS SUR LA BATAILLE D'INKERMANN

Tyrans, redoutez l'alliance
De l'Angleterre et de la France :
Voyez, sous le fer expirants,
Dix mille de vos combattants.
D'Inkerman le brillant fait d'armes
Vous plonge en de vives alarmes.
Avec orgueil de toutes parts
Je vois flotter nos étendards.

Ainsi la France et l'Angleterre,
A peine après six mois de guerre,

Brûlent ces impénétrables ports
Et font en l'air sauter les forts.
Nos matelots, que l'on outrage,
Soudain s'élancent du rivage
Sur les Russes avec transport,
Et dans leurs rangs portent la mort.

COUPLET A L'EMPEREUR.

O vous que l'univers admire,
GRAND PRINCE, souffrez que ma lyre
Vienne, par d'importuns accents,
Vous offrir quelque peu d'encens !
SIRE, tous vos vœux s'accomplissent :
Au loin vos bienfaits retentissent,
Et l'Ottoman, noble EMPEREUR,
Reconnaît en vous son sauveur.

ENIGME.

Chez le marchand de vin je suis fort en usage,
Et le jus de la treille on m'y donne en breuvage.
Les suppôts de Bacchus envient enfin mon sort :
Je tiens tête à chacun, je nargue le plus fort.

D'un dur et mince corps l'ouvrier me façonne,
Et je bois l'eau, le vin, et tout ce qu'on me donne.
Je hante fort peu les palais ;
Mais dans les caves, je me plais :
Tantôt j'y vis en cône et tantôt en ellipse ;
Si la fraude j'y sers, vite une main m'éclipse.

www.ingramcontent.com/pod-product-compliance
Lightning Source LLC
Chambersburg PA
CBHW071251210626
46818CB00013B/919